劉俊余

著

時間的光影

目次

輯三
2014-2017年

無止無盡

這漫長的旅程

哪裡是盡頭呢？

不斷變遷的景致

疲憊的流浪

再美好的景色

也都看透了

漫無目的地往前跑

要到哪裡去呢？

累了的靈魂才可歇息

這無止無盡的生死過站

暴風雨

我們的天父

經過長久的禁慾後

終於還是暴怒了

祂是發狂的上帝

祂是性壓抑過度的上帝

雲層中有隱隱作響的悶雷

祂渴慕地母已久而不可得

祂是不顧形象的強暴犯

極度傾洩祂的怒氣

祂的拳頭一個接著一個

打在地母的身上

滂沱大雨嘩嘩啦啦地下著

瘋狂拍打著屋簷、馬路和門窗

祂受不了慾望的驅使

渴望做愛，一刻都等不了

撕扯著地母的衣裳

祂拔掉樹木、拉扯著電纜線

敲下招牌、翻掉車輛

祂壓在地母的身上

又親又揉又抱

又發出了一聲悶雷

想必是射了精

洪水般的慾望

漫過地母的裸體

直衝陰道

溝渠和溪流

一陣暴風雨過後

一次交媾之後

地母遭到蹂躪，身心滿是瘡疤

而縱慾過後的天父

感到歉悔

又恢復好好先生的脾氣

讓陽光溫暖地撫照

此時天地嫻靜不語

螻蟻般倖存的人們

蠢蠢欲動

自各個角落出籠

彷若獲得了新生

或者，大海

或者，大海
展現祂的威猛
向我襲捲而來
吞滅我
絞殺我
擁抱我
讓我散入大化之中
不復存在
如此，我不再孤單
而寂寞的此刻
我覺得
我只是一顆小小的水滴
在炎涼的世態中
正逐漸消亡蒸發
忘了我在大海之中
為此我呼喚大海
發動千尋的海嘯
向我襲捲而來
然而，在現實中
我依然卑微地活著
一個小小的公務員
朝九晚五

生命消耗在數不完的文件中

或者，大海……

一個工人寂寞的想像

他們都認為我只是

一顆小小，沒有意志的螺絲釘

他們看到我

周而復始

如機械一般地作動著

他們不知道

配合著生產線的韻律

我正在跳舞

機臺的咆哮對我而言像是

一齣大型的交響曲

我幻想著

微風拂過山林

水流淌過沙地

草原上繁花盛放

而我如蜜蜂一樣

辛勤地採蜜

常常我也誤認自己

是最豐產的果樹

不斷地生出的果子供人解渴

機器依然在咆哮

而我隨著它旋舞

春天的蜜蜂

春天的蜜蜂

忙碌地採著花蜜

而我鎮日無所事事

曬著陽光

讓春天的美好

和詩句

在我心中釀蜜

妳是海洋我是風

放棄造作

放棄抵抗

放下執念

只有自然地呼吸

一座海洋因為無心

讓風輕輕地撥弄

而顯得繁複

且風情萬種

初春夜雨

是雜草在抽長
是寂寞在叩門
是幽靈的吞吐囁嚅
是春花的凋落
是慾望在蠢動
是愛慾的纏綿
是時間的踱步
然而這一切的一切
都只是我叨叨不止的心

時光命題

我想說我只是

宇宙未啟的那片混沌

因妳的撞擊

開始有了時間與空間

以及生命的刻度

幻化生滅的銀河

悲歡離合的故事

有了想望與愛戀

有了生有了死

無止無盡的飄流

數不盡的輪迴

這是好還是壞？

我該感激或者怨恨？

一片沙漠因一場暴風雨

忽然擁有了千紫萬紅

及大規模的綠

而忘了自己

冥想的此刻

在命定的軌道

妳又遠遠地

朝我而來

流星

夜晚

看到塵世中戀人們的愛慾交纏

生離死別

我流下悲憫的淚水

淚珠一閃而逝

劃過我隱藏在黑夜中的臉龐

嘉南平原

容我喚妳為母親

想像妳的胸脯廣大而豐滿

滋養一切，生命在此

無礙地生長

妳，廣闊無礙

日月星辰在此

昇起落下，周而復始

稻秧在此抽長拔高

田野邊陲的樹林

正隨風搖曳

老鷹在空中自由盤旋

寬厚而美好

靈魂在妳身上赤足奔跑

平坦廣闊沒有盡頭

我在喧囂的臺北城

帶著慕戀，如此想像著妳

腐屍與救贖

我是一具躺臥在時間曠野的腐屍

在這裡我聽到歲月蕭蕭的風聲

日月光影無情地流過

我在這裡逐漸地腐爛

身上盡是情色與暴力的瘡斑

靈魂陷在這惡臭不堪的肉身裡

不得飛翔

且讓惡鬼和夜叉吃掉我的腐肉

且讓鬼火焚燒我的骨骸

不曾留下些什麼

一點不剩地乾乾淨淨

像是在陽光中蒸發

魂魄至此得到了救贖

給海洋感謝的詩

祢一再呼喚著我

我知道祢一直在我之中

我也一直在祢之中

我只是一滴水

微小、醜陋、骯髒

隨時可能蒸發消亡

還好祢緊緊擁抱著我

祢澎湃浩瀚

深邃不可量測

對於我，祢就是無限

一路上，祢不斷地歌唱

在祢之中，我的生命一再地更新

再度獲得了純潔與淨化

祢一再對我展現繁複和美麗

風情萬種且變化多端

任何時刻祢都給予我力量

融入祢

我的生命也變得澎湃而壯闊

退休後

退休後

他被格式化的生命

渾身不自在

心中的鍋爐仍在運轉

重新回工廠吧！

名義是傳承

在工廠裡，他感覺

生命的根又接上了泥土

生命又有了活力

噪音、廢氣、鬥爭……

這些工廠的林林總總

是他生命必要的養分

缺少了這些

他就要死去

死刑

我一出生

就被判了死刑

究竟我是犯了什麼樣的罪？

如此地不可饒恕

我待在地球這個刑場

哪時候會被處決？

哪時候要為我的原罪付出代價？

祂們從不告訴我

我在這裡驚惶惶地等死

做每件事情，死亡都如影隨形

它可能潛伏在馬路的虎口

它可能躲藏在我勞刑的工廠機器中

一不經意突然地爆炸

它就顯現出它猙獰的面目

它可能隨著大規模的風雨而來

祂們說是時候了

死神揮動祂的鐮刀

森林悲鳴

雀鳥禁語

它們都為了

我無可奈何地就刑

這莫名的暴力

連同它們自己的未來

一同感到悲傷

無期徒刑

我究竟犯了什麼罪？

被關在地球這個監牢中

沒有自由不得飛翔

這監牢令人感到瘋狂

每日重複地進行體力和精神的操勞

偶爾放風

讓你呼吸森林和大海的氣息

假釋？絕不可能

整座監獄像一部大型的機器

歇斯底里地運轉著

獄卒無時不刻地檢視你的產值

何時能擺脫這繁重的塵勞結束刑期

脫離地球這個刑場

進入虛空

看見宇宙的大美

參與化育和創造？

我向上天提出上訴

星星沉默無語

諸神沉默無語

陽光的四重奏

多情的手
輕輕撥開田野的面紗
糾纏不清的溫柔
融解了嚴冬的冰雪
橫笛的清脆
萬片嫩芽在蛇立

暴君的手指揮一闋交響曲
森林在拔高
野草在抽長
水霧自湖面大幅飄升
蟬聲放大音量
鳳凰木上花朵肆意喧囂
風在起舞
稻田吹起一波波金黃的浪

是誰的手
輕敲玻璃
輕彈豎琴
一種遼遠
一種空闊的輕

偶爾冷不防
脾氣發作狠狠咬你一口

那樣的溫柔
不慍不火
冷靜地觀照
不帶脾氣
像是一種慈悲
沒有慾望地愛著
沒有自我地付出
時間靜靜地流淌
神靜靜地撫摸

十分鐘的休息

隨機器運轉兩個小時

休息十分鐘

抽抽煙、打打屁

吹吹風

感覺自己又像個人了

在吞雲吐霧中

與上帝交談

質問自己的命運

上帝尚未來得及回答

他們又變成了工廠中的零件

一個工人的內心獨白

我們是無所不在的蟑螂

生存在社會黑暗的角落

毒氣、致癌物質以及機器的噪音

這些都無法阻礙我們活下去的意志

縱使全身都是油汙，身體滿是病痛

我們在世界上最醜陋的地方

吃著資本家吃剩的碎屑

吸著富人呼吸過的空氣

雖然艱難

我們心中依然保持著快樂

只要有人的地方

就有我們

我們是世界上最悠久的生物

我們在不顯眼的角落辛苦地工作著

世界因此才得以欣欣向榮

一個工人渴望寫詩

已經沒有詩了

所有的詩想

都投入了原料槽

隨著轟轟隆隆的機器聲

隨著生產線做成各種產品

賣到遠方的超市、便利商店

生產後的身體

疲憊地需要睡眠與憩息

詩在夢中飄浮不定

也沒有森林讓詩生長了

吵雜的機器聲取代了鳥鳴

廢氣讓詩的幼苗發育不良一再凋萎

偶爾望著窗外灰濛濛的天空

也曾幻想自己長出翅膀

飛離現實

到達陽光、綠水、微風

詩適宜生長的地域

沒有寫下的詩

那些意念就任由它們

如雲朵般

在心中舒捲來回

如同一個無聲的午後

建築物的影子隨著陽光逐漸拉長

黑暗最終將掩蓋整個世界

人們仍舊匆匆忙忙

向不知名的遠方

詩就像心中的音符

只有自己聽得見

沒有寫下來也好

讓它如一朵花

緩緩開放

緩緩凋謝

也是一種美麗

PM 5：00

再過半個小時就PM 5:00

地獄的大門即將打開

被關在地獄的我們就將得釋

辦公室的同仁

心中已經在倒數

現場的同仁正會集一處

討論著衝出地獄後的行動

而我已把電腦關機

想像著下班後的晚風和夕陽

而那些獄卒

依然在會議室開會

溫存著他們地獄中的美好時光

不忍離去

時間的牢籠

他不知是犯了什麼罪

被關在生活的牢籠

可悲的他毫無所知

他像一個機器人

每天六點醒來

吃飯、刷牙、洗臉

然後匆匆忙忙騎車上班

他已習慣工廠轟隆隆的噪音

按下機器開關

他也變成生產過程一個零件

「任何事物

每日不斷重複做

都是通往永恆國度之門」

他每天如機器般的操作

可曾從中聽到森林的風聲

海的浪濤潮音

天使的歌唱

淨土的梵鐘

傍晚五時

他像機器一樣要進行每日保養

騎車回家

在電視面前攤開疲累的身體

放空自我
像極了放在備品室待修的零件
他靈魂逐漸磨損
肉體逐漸遲鈍
然而他已習慣被囚的日子

特休日

難得的特休日

他卻發現自己所思所想

都是工廠裡的事物

耳朵不得清閒

幻聽著機器的噪音

心依然算計著

工廠的人事物

他生命的根

已牢牢釘在烏黑的工廠

他生命的氣質已與社會底層混成一片

藝術、文學、哲學甚至大自然的種種

生命深層的高貴

已與他無涉

毛細孔排出的是廢氣

口中說出的不外乎二字經

與調侃辦公室妹妹的粗野蠡語

此刻窗外響著雀鳥的鳴唱

他卻想念工廠裡無所不在的噪音

身體依然不得休息

如機器般運作著

計算著產值與毛利

直至生命耗損

核災後──那妳還會愛我嗎？

倘若春風不再吹拂

只有輻射塵四處飄散

花朵不再開放

只有枯萎的衰草在身旁窸窣

鳥兒不再歌唱

蟋蟀不再鳴叫

只有沉沉的孤寂

也沒有小動物和精靈

在森林裡穿梭來回

只剩下蟑螂在地面爬行

那妳還會愛我嗎？

倘若麵包不再香甜

牛奶不再濃純

小麥大豆玉米高粱

都足以致命

溪水不再清涼

無法洗去妳一天的辛勞

任何的碰觸都帶著責罵和羞辱

那妳還會愛我嗎？

倘若我只能用眼睛吻妳

用鼻子牽妳的手

用腳撫摸妳又長又柔順的髮

想擁抱沒有雙手
想歌詠沒有聲音
那妳還會愛我嗎？
倘若我們的孩子
出生都像E.T.
頭腦腫大肢體弱小
再也無法享受世界的美好
那妳還會愛我嗎？

泰安，觀止

翻過幾座山

終於來到了桃花源

不見雞犬相聞，但見

一朵雲坐山頭上打瞌睡

一條溪無心地歌著

幾隻野鴨悠哉地游著

山嵐和陽光小孩子般地玩起了捉迷藏

一會兒在這

一會兒在那

心中隱隱聽到他們的笑聲

山林緩緩地湧動

一座涼亭不動聲色地立在溪旁

一個人與山靜靜地對望

不知有漢，無論魏晉

更遑論經濟不景氣了

一切的憂鬱和壓力

都在氤氳的溫泉中消融了

心情像野溪般

一路子地蜿蜒，繞過幾座山

晃悠悠地流進了黑夜

夢中，星子都隨著雨水落了下來

和著幾首飛鴻泥雪的詩

在院子的樹葉上點點滴滴

點點滴滴

最後的心願

此生將毀

將我的眼睛摘去吧！

倘若能使妳得見佛陀無量的光明

將我的心臟取下吧！

倘若能使世界跳動得更加踴躍

剩下的身軀甚至雙手雙腳

假如還有那麼一點點的用處

就供養給螞蟻、雀鳥、禿鷹吧！

倘若還有無用的骸骨

就燒成灰化作花肥吧！

用春天這一片隨風搖曳的花海

供養諸佛菩薩天地神明

終究會消逝的

房外樓梯的腳步聲

夜間勻稱的呼吸

窗外駛過的車流

周而復始，圓了又缺的月亮

晨曦綻放的微笑

風中搖曳的花朵

擦身而過的人來人往

這些終究會消逝的

所以現在現在的此刻

讓我緊緊地擁著妳

突圍

光靜靜地湧動

風輕輕地愛撫

雲朵在天空中

接吻擁抱融合

樹在舞踊

花在微笑

忽然間風雲變動

下起一場又一場的雨

窗外的世界已經過了幾個世紀

我們的考生們依然埋首經卷

困在文字的方陣中

一次又一次地突圍

愛芹海的憂鬱

一艘船歪斜著頭擱淺在海灘上

有誰還在海上捕撈著詩句？

美麗的海依舊默默地承受天光

海岸上看海的男子吞吐著煙霧

海吞吐著日月

砲管望向遠方的虛無

更更虛無的是牆上反共的標語

風憂傷地吹著

暗暗撫摸島上的滄桑

飽受風吹雨打滿身傷痕累累的礁岩

老化的人門與建築

不再堅持著反共

滿山的芒草都在搖頭

原來森嚴的堡壘正強顏歡笑張開雙臂擁抱觀光客

原本的海角樂園正濃妝豔抹要蛻變成博弈天堂

海思索著島嶼的未來

緩緩起伏著浪

整座海洋都彈奏著憂鬱的藍調

潮起又潮滅

輯四
2011-2014年

登山

我渴望將祢征服

我穿越謠言四佈的迷霧森林

深入暗藏危機的亂石堆

經過鬼火飄搖的草原

跟著祢在夜裡靜了下來

夜空璀璨而美麗

鑲著一顆顆的珠寶

寧靜籠罩著世界

聽！一條河流

在慢歌

輕輕的喜悅

緩緩地蜿蜒而過

不知不覺地進入夢鄉

日出之後

繼續和祢向天空朝聖

一步步往上攀登

愈是發現天空深邃且遙不可及

一路子祢謙忍祢寬厚

承載我的驕蠻我的踐踏

忍受我囂張的氣燄

讓我站上祢所應許的至高處

毫不藏私地

向我展示祢的眼界和胸懷

如此寬大而富饒

我向祢匍匐

我已被祢所征服

雨夜

於是我變成了一隻魚

靜靜地憩息海底

與我同樣悠游於斯的同類

是否細細傾聽大地之琴發出的聲響

此刻上天正垂下無數的手指

敲打著琴鍵

屋簷的清揚

黃土地的重濁

水湍急流過溝渠

馬蹄自遠漸次逼近

想像森林同著浪濤擺盪

妖嬈如水草

我是魚

靜憩在海底

等待詩前來受孕

人生的考試卷

我們總是在是非題中停頓

用良知辨識一切

對或錯也不是一目便可瞭然

人生的途中充滿隱藏的陷阱

在如十字路口般繁複的選擇題中

常常一不小心就會誤入歧途留下污點

我們經常用大規模的詞語

統整自己的人生經驗

希望可以找到一條說服自己與上大的脈絡

在人生不斷拋出的申論題中

好辯也是一種美德

我們無時不刻都在寫著考卷

用心翼翼想寫出完美無瑕的卷張

彷彿如此，就可在芸芸眾生中脫穎而出

就可鯉躍龍門脫胎換骨

獲得老天爺的獎賞

但在人生不斷拋出的艱深試煉中

我們往往在六十分的邊緣苦苦掙扎

城市漂流

他們是一種奇怪的植物

隨著季節的風漂來這裡

又隨著季節的風漂回城市

他們在這裡呼吸太平洋的潮汐

聞嗅山脈的芳香

舒展僵硬的枝枒

讓太陽的手捶捶痠痛的肩膀

在記憶的年輪裡儲存大海的蔚藍

讓浪濤和鳥聲治療他們靈魂的焦慮

以備接下來的日子

在城市中度過黑暗潮濕的季節

流動

他打著瞌睡
車外的人生風景在變
經過了幾座山
幾條河流
進入雄偉的城市
然而又經過一片荒野
他記不得這些風景
只依稀感知
陽光緩緩流動

字句之外

她

書本一樣

攤開在我面前

書頁中

我讀到

潔白的肉

春天

花朵

以及字句之外

豐富的喻意

七十億分之一

我是世界的七十億之一

或者更小，像

一粒微塵

或許也有自己的思想和生活

但世界少了一個我亦不算太小

多了一個我亦不算太多

可有可無

隨風飄蕩

翻身入海，海依舊平靜無浪

隨風呼嘯，世界依舊安靜或者喧囂如昔

隨風忽上忽下忽左忽右

一生在尋找可以落腳的幸福

但七十億分之一乘以七十億分之一

多渺茫的機率

在曠野在茫茫的人海

我為自己長長的一生

深深震慄

野薑花 II

在家鄉百里外

城市邊陲的小小套房

夏季苦悶溼熱沒有風

他將下班後隨手買的幾支野薑花

插入水瓶，白色的水妖

歌聲緩緩開放

於是有風吹拂

原野的香氣瀰漫

彷若在水涘，溪水冷冷流過

一千萬朵野薑花

歌聲如此嘹亮

祂們伸展潔白無邪的裸體

一千萬隻白蝴蝶在山坡上飛舞

他迷失在這絢爛的豐盛

彷若回到小時候那種天真

一朵枯萎的野薑花

吊在花梗上

像一個亟欲展翅的天使

因慾望因束縛

功敗垂成的飛翔

像他現在

慢慢枯萎的人生

沖繩的海

雕沙者

一座座偉大的城市中

我們汲汲營營

努力堆砌著文明的積木

在城市邊陲偏遠又偏遠的一角

沙灘上他的手如風

用沙雕塑著城堡、都市和山脈

以及一些聖者靜默圓滿的坐像

栩栩如生的作品渾然天成

海的一頭，忽然來了那麼一個大浪

他的努力毀於一旦

他不以為意：世事本乎如此。

在不可預測的一瞬間

忽然來了一個時間的大浪

穿越與等待

我知道他喜歡我穿越人群的感覺

每日清晨他在這裡等候

渴望邂逅渴望不期而遇

他吞吐大量白色的煙

為掩飾他的焦慮

每天陽光在他的腳邊

種滿黃色的雛菊

偶爾上天用濕濡的髮

想要抓弄他撩撥他

有時風在嘲笑他

每日AM07:30我固定穿越人群

穿過他的視野

紓解他的擔心他的焦慮

為他心中的沙漠灑上一點點甘霖

有那麼一天，他會枯坐在這裡到死

藤蔓纏繞他的手腳

野草淹沒他的身體

假使我不再穿越人群經過這裡

直到

宇宙中漂泊了許久

文明不斷地興起毀滅

虛空中寒冷孤獨

直到在黑暗中

看見妳眸子裡的湛藍

我才感到一絲絲的溫暖

孕

祂在黑夜裡冥想

在虛空中飄浮著

傾聽河流奔放的聲響

山巒和大地正靜靜地沉睡

傾聽母親的心跳和心事

靈魂與靈魂正在對話

傾聽日月星辰風雨晨昏

可是沒有蟲吟鳥鳴

此時人類尚未誕生

在漸漸隆起的圓球裡

神尚未誕生

水泡

祂們說整個宇宙是大海裡升起的一顆水泡
即將破滅、消失
生在其中的我們呢？
因祂們的話語
我們深深地恐懼著
忘了那無邊無際的浩瀚
那無所不在的存在
不存在的存在
洶湧著生命的寧靜大海
就讓那如夢似幻的水泡破滅吧！
進入那沒有時間沒有空間的
無止無盡，永恆的不存在的存在

此刻

此刻太平洋的風狂吹著

海淹過了林子

我的枝椏跟著整座林子狂舞

千萬頃的蔚藍盛放著億萬朵浪花

我在其中生生滅滅

彷彿看見了死亡

我聽到潮水在漲

浪微微地拍擊

逐漸淹沒我們糾纏的肢體

房外人聲鳥語

微風拍窗樹葉窸窣

陽光像一把利劍破窗而入

我倆閉目，相擁

維持浪的節奏

感覺潮水淹沒了我們

淹沒了世界，幸福

像浪濤緩緩拍擊

此刻，我抓著妳的雙乳

隨著潮水漂浮

消融了自我

彷彿看到千頃的波光

被無聲所淹沒

被死亡所深深祝福

鷹

我站在這

眼神定定望著前方

我抖擻我的精神

梳理我的思緒

我在等待

等待風的吹起

等待風鼓動我的羽翼

我就要展開我的雙翅

腳往地輕輕一蹬

留下傳奇的印記

至此

向更廣闊的天地

春雨

有種輕悄的聲音持續著

孩童嬉笑奔出校園

掠過山脈、湖泊和田野

銀鈴續續彈奏著

貓兒漫步過屋簷

果實吸吮奶水，迅速膨脹

森林張開雙手向天空擁抱

烏雲帶著水氣在風中奔跑

花花草草顫抖著身體快樂跳舞

這是歡樂的節慶

萬物都欣喜地迎接入春後的第一場雨

離席

該如何結束呢？

對未曾愛過的自己

深深地懺悔

大哭一場

所有的慾望

就此止息

沙丁魚之歌

我們只不過是一群沙丁魚

跟隨著海水和食物的氣味

東奔西逐，從生到死熙熙攘攘

大海有了我們

好似變得更加豐富

一種數大便是美的壯麗

我們隨著四季的變化

日昇日落，洋流潮汐的流轉

從時間的此岸到彼岸

再從時間的彼岸回到此岸

精密地像一臺大型的機器

而每個個體只是小小的零件

連結著伙伴和全體

毫無個人意志的運轉和行動

且隨時有被取代、廢置的危機

也曾想過這樣的生活究竟有無意義

但依然戰戰兢兢地扮演好自己的角色

唯恐一旦失去了連結

就要獨自面對

這無邊無際的大海和孤寂

現在雖然想不出任何意義

就姑且跟著大伙

追逐著食物
追逐著洋流

存在

妳呼吸著綻放著

雪融之際的春花

我聽見妳靜默的歌聲

歌聲裡的靜默

妳舉手投足之間

都帶著舞踊

對於山川對於人群

對於世界對於我

妳只有無止盡的愛

我是一滴水珠

融入妳大海的澎湃

心動

那人因厭倦紅塵的煩雜

放空慾望，放空肉體，放空自己

進入非想非非想的大眠

任憑這深山中颳起了狂大的暴風

下起了大雪

白雪紛紛將他掩埋

任憑冬去春來

飛鳥在他頭頂築巢

螞蟻在他身上作窩

他將自己枯坐成一顆石頭

然而世間已經過了幾劫

數不清的生死輪迴

在某某風清雲淡的春天

像是幾百世紀的似曾相識

一個娉婷的小姑娘

舞弄著蝴蝶，輕輕走過

裙角輕輕地擦過他的身子

像一陣春風

深埋在他心裡的種子

爆開滿山滿谷的繁花

幾百世紀的長眠後

他醒了

南無阿彌陀佛

無可限量的光

像母親的手柔和地將我撫摸

明亮而不刺眼

照徹一切無有阻礙

祂波動的頻率有如搖籃曲

輕啊輕地愛著萬物

不分晝夜無有停歇

普照一切無有分別

如此慈祥的光令人歡喜

使人洞悉一切，看見

生命的形態猶如大海

浩瀚且包容一切

萬物有如溪流

自四面八方而來

共同匯入祂

浩瀚的澎湃

我的阿彌陀佛

南無阿彌陀佛

南無西方極樂世界大慈大悲阿彌陀佛

阿彌陀佛阿彌陀佛阿彌陀佛

南無普賢菩薩

我看見清潔工

在尚未晨曉前

把城市打掃的煥然一新

我看見辦公室裡的官員

集大眾之見

絞盡腦汁

規劃可長可久的制度

欲利樂所有百姓

我看見

工廠裡機器不停地運轉

工人們日夜不停地付出

貨品流通各處

供養一切有情

我看見

科學家窮盡物理

讓文明無止盡的超越

我看見天體不斷運行

地球滾滾向前

我看見文明的崩毀與興起

人類意識的更新

意圖企及神的領域

南無普賢菩薩

南無大行普賢菩薩，菩薩摩訶薩

南無觀世音菩薩

祢巍巍如是
祢慈悲如是
祢是寒冬中的一抹陽光
祢是盜賊持刀欲加害前
那股油然而生的悲憫和不忍
祢是危難時心中存在的平安
祢是謠言如烽火四起時
存在的那份堅定和果敢
慾望的燃燒中
祢降下了清涼的法雨
生死的苦海中
祢是徐徐的風
將船送達
彼岸的淺灘
祢是春天的山櫻
祢是夏季的果子
祢是秋風中的落葉
祢是寒冬中的蕭殺
為我演說無常之法
人人都是觀世音菩薩
處處都有觀世音菩薩

南無觀世音菩薩
南無觀世音菩薩，菩薩摩訶薩

南無地藏王菩薩

這個世界是風中搖動不定的森林

是波濤洶湧的海洋

是浮在春海上的碎冰

我在茫茫的世界中

隨著生死的巨浪漂蕩

之於我，祢是可靠岸的港灣

偉壯的森林

瘟疫中，為我示現生老病死

天災中，為我演說諸法無常

黑暗的生死苦海中

為我大放光明

在慾望的火災中

為我下起一場又一場的甘霖

祢是震破嚴冬的春雷

生命正破土而出

祢是高壓電線上沒有怨言的工人

祢是戰火最前線的醫生護士

忙碌的地藏王菩薩

南無地藏王菩薩

地藏王菩薩摩訶薩

即興曲

春日的午後微風拍打著窗

鳥聲隨著風的韻腳叮啾

花朵采采開放

陽光穿過樹叢

光影在窗子上掩映交錯

晾在竹竿上的衣服

凌空而舞，而田野

正顯現一種新鮮的綠

邊陲的森林

有著某種樂音

嫩芽有如精靈般

悄悄佇立，白鷺鷥

正展開牠的大翅

自天空緩緩而降，然而

然而這些，這些

都是我心中寂寞的旋律

涅槃

內心的風暴已平息

我聽到鳥鳴蟲吟

花開花謝的聲音

肉體的慾望

如種子發芽

幼苗像蝮蛇

隨著樂音

繚繞升高

宇宙的森羅萬象

像一幅巨大的畫

在我眼前分分明明開展

我聽見風的哭聲

我聽見風的哭聲

風很寂寞

風很孤單

風很寒冷

到處竄入他人的懷裡尋求溫暖

風的心神茫茫

東飄西泊找不到憩息的方向

它磨蹭著天空

它磨蹭著建築

午夜的林間

與某棵大樹裸身狂舞

它不斷地適應各種體溫

每一次的高潮

都發出悲傷的生之哀號

今夜又穿行過我居住的村鎮

呼呼呼的虛張聲勢

拍打我房間的門窗

撲進我的懷中

企圖尋求它想要的溫暖

風很寂寞

風很孤單

風很寒冷
我聽見它的哭聲

輯五
2000-2011年

您的愛一直都在

母親啊！二十多年了

我抱著您的骨骸到您的新家

懷裡我感到不斷湧出的暖意

像樹木沐浴在春陽中持續吐芽

花朵在微風中悄悄開放

母親啊！我知道您的愛一直都在

車窗外我看見上學的學童

陽光中老師報以和煦的笑容

那樣的笑容您也曾經擁有

對我無私的給予

深藏在我腦海

紅潤的臉頰如今已然枯萎

母親啊！您為您的孩子操勞

瘦成了一堆白骨

猶記得您下班後的一頓毒打

為了我的貪玩沒有寫功課

猶記得假日戶外的郊遊

風的歌唱

海開朗的笑聲

瀑布的喧嘩

山巒的凝視

湖泊的沉靜

以及您慈祥的面容

猶記得二十多年前

某個霪雨綿綿的春夜

救護車載著病危的您回家

您走了

留下這陰雨不斷流淚不止的世界

陽光還是出來了

因為您的愛一直都在

我抱著您的骨骸

就像小時候

您抱著我

佛菩薩的聖號在旁

好像小時候

您對我唱的搖籃曲

母親啊！

您就靜靜地入睡

佛陀的國度

阿彌陀佛的淨土中

逍遙自在

註：母親去逝二十多年後撿骨

我只是

我只是一個空杯子

空的器皿

透明的玻璃杯

他人時常

將他的想法

往我身上倒

於是我在別人的眼中

變成了一杯水

變成了一杯酒

變成了一杯果汁

或者一杯苦澀的咖啡

久而久之

我也忘了自己是誰

忘了，我只是

一個空的

透明的

玻璃杯

異樣的寧靜

當一天走到了盡頭
所有的念頭
都跑回自己的洞穴
房子一間間熄滅
我望著田野的遠處
黑暗中我感到一股異樣的寧靜

當舞會結束
在空中飛舞的言語
都不再飛揚
我一個人靜靜地坐著
孤獨中我感到一股異樣的寧靜

當秋的豐年季到了尾聲
一生的重擔卸下
不再有飛花落葉五顏六色的煩雜
空氣中有冷冷的定音
髮鬢間飄下了第一片雪
掩埋掩埋這一切
寒冷中我感到一股異樣的寧靜

湖畔午餐給日月潭兼致 C

水鳥為我們剪一片藍色的湖水當桌巾

我們把花香釀製為飲

蜜蜂誤認為百花盛放的原野

在我們的餐桌上採蜜

山林中的豬和雞也好奇地跑來湊熱鬧

為我們找來了山菇和竹筍

湖中的魚游著游著也游上了餐桌

清風為我們炒了一盤盤的菜肴

陽光瀲灩輕輕地撥弄金色的琴弦

湖畔的波浪為我們唱了一首又一首簡單的歌

如此美好的時光

妳的面容顯得安詳而美麗

且慢

我的心懸在半空中

像一朵飄浮的雲

該化成一陣雨

急向枯乾的大地奔馳

或者一片片輕柔的雪花

緩緩地在月光下飄落

我在山巔之上沉思著

一隻鷹正要展開雙翼

且慢，因為

一踏出去

就是一生

森林

我跋涉在潛意識的森林

穿梭在莽林和喬木之中

身旁盡是勃發的意志

小心翼翼恐有鬼魅現形

野獸與蛇蚓伏身其中

我跋涉在多霧的森林

心中飄盪著替身的恐懼

貓頭鷹和鵂鶹聲聲啼叫

在我步步為營的步履上

懾人的景象令人發毛的蔭涼

無邊如海的恐懼

我跋涉在心的森林

往往陷入絕望的悲傷

隨著潛伏蜿蜒的河流

我稍稍改變了路徑

發現了意想不到的景色

相信在千迴百折之後

就可以看到壯闊的大海

我跋涉在心的森林

雨
夜

(1)

雨下著

彷彿細語喃喃

在心頭唸著

房子依序熄滅

唯有站崗的街燈

在雨中抖擻

雨聲愈來愈大

隔著一層濛濛的雨簾

世界陷入了黑暗

蛇寒悄悄入侵

細微的聲音持續著

隔著幾層重重的傷感

我也陷入了黑暗

(2)

下雨的午夜

心中的沙漠

隨著潮濕的雨聲

有些意念悄悄生長

像綠芽般

經過長久的冬季後

歡欣地喧騰

妳的笑

是奇異的花朵

迅速開滿心中的原野

騷動不安的意念

茂盛成了一座叢林

我迷失在一些吉光和片羽

在下著雨的午夜

(3)

雨聲一直持續著

森林的氣息

翻牆而過

爬上了陽臺

外頭的聲音

初而輕俏

轉而巨烈地爭論

我聞到風的髮絲

在黑夜中

飄動青草初生的香味

終於疲倦了

言語的暴力漸漸沉歇

取而代之的蛙鳴

以更加誇張的步伐

在暗夜裡

空氣中如恐龍腳步般

巨幅振動

風中的小米田

阿旺，國小二年級

有著黝黑的膚色

和一顆開朗的心

快樂地成長

如風中的小米田

世上的一切

如此美好

下雨時

他家的屋頂漏水

滴滴答答敲打著音符

他快樂地旋舞

他高興地說

他擁有一個下雨天會歌唱的家

他愛上學

國語數學和自然

他愛音樂歌唱

他愛繪畫

他更愛奔跑

跑成一陣風

通過一切的拂逆

彷彿可以

直至生命的大海

詠太魯閣

歲月不停切割以雲霧以崩解以冷冷的水刀

極盡凌虐和屈辱萬噸的水快速的沖擊和流淌

地心引力極度地加壓拉扯祢安忍不動巍巍若地藏菩薩

春雨落下劃過祢的臉龐若淚珠祢胸懷若谷忍辱一切

以不拔的意志

祢並未肢節段段壞一次又一次挺直胸膛展現生命的

壯碩與豐盛

靈魂一次又一次向天地詠歌歌聲帶著堅毅和剛強

裸露內在的深奧顯現生命丁變萬化亮麗的花紋每一

個部分都烙印著絕美的紋身

在祢面前我們微小如蟻顫驚驚地一步步向祢探索驚

訝祢美好燦爛

微雨中火煉而成的山櫻秋風中成片的楓紅變化不定

的雲霧

大莊嚴中藏著生命的細膩和豐富似乎再也沒有什麼

可以擊倒祢傲人的本質

我的魂魄依舊在峽谷中飄盪磊磊的奇岩巨巍壓迫著

心胸

穿梭在千迴百折的谷道裡逃脫不出這絕壁萬丈的驚

恐和溪谷中水刀冷冷的切割

一方陽光

之後

妳就變成一方陽光

座落在我心中的廣場

澄明且散發著芳香

人生漫漫的寒冬中

時常就這樣接受

靜靜的溫暖和撫摸

潮濕的情緒

就讓它掛著

讓它曝曬

帶著光明和祝福

橫渡人生的黑夜

時常妳隨著

記憶的風

拂過內心的草原和森林

感覺它們又長高壯大了一些

這樣的一方陽光

看起來多美

夾雜著貓的緩步和慵懶

如同麻雀般落下

喋喋的言語

以及光影的變化

我經常在一旁窺視
思索其中的奧義

沼地

我涉足在心的沼地

以貓的步履

多煙多霧的風景

死寂的沉默

一踏即陷的空坑

受詛咒的樹林

飄盪的死靈

水底下等待獵物的食人魚

露出鬼火神情兇惡的巨鱷

蚊蚋在腦中嗡嗡縈繞

蛇蚓窸窣爬過

那更細微的聲音

是我小心翼翼的步履

是我低調的划船聲

我深陷心的沼地

恐怕迷失其中無法自拔

飆風陣陣的林聲

是我心的低語

貓頭鷹的叫聲

聲聲暗示著恐懼

我跋涉而過

卻又誤入
另一個死寂的沼地

一棵樹的自言自語

我要持續地成長

強壯的肩膀

撼動天際

結成的果子

巍為日月

風來時

我要讓波濤傳至極遠

遠至黑夜宇宙的盡頭

我要狂

我要妄

驚動古今蕭蕭的寂寞

直至

夜色掩蓋

而我掉了一身的葉片

仍頂天立地

站著

林中散步

步入林中

心事隨著路徑蜿蜒

一路子高高低低的跋涉

伴有鳥聲斷續鳴響

微風輕快吹拂

雖已汗流浹背

我卻仍舊默默地走著

期冀有那麼一天爬上了最高點

心中的坑坑壑壑就可了然分明

對弈

我們小心翼翼

沉默著揣測對方的一舉一動

像堅持不下對峙的兩軍

我們都期待著被愛吝於去愛

誰也不肯去做那打破沉默的人

兩條鐵軌就那麼平行地走到天涯

彼此的心像一對雙子星

向著對方卻維持著等距的客氣

日與月永遠沒有交集

我們依然聽到逝水的匆匆

等到了冬季我們的髮鬢就積滿霜雪

在即將沉睡之際

才猛然悔悟春天的離去

您在春天的時候離去

您在春天的時候離去

離開這病苦的身軀

三月陽光漸漸暖了

花朵處處開放，雀鳥聲聲啼叫

我們滿心歡喜

您去的地方，一定

有更美麗的風景

想到過往的點點滴滴：

我十三歲的時候，母親去世

三歲的弟弟由您照顧

您年老的身軀背著嬌縱的他上下樓梯

還有一些慈祥的話語和畫面

不停地在腦海流轉

有些已經模糊，但

那股溫暖在血液中流淌

像春天的細雨和微風

我的淚眼滂沱

在浩瀚的宇宙空間

無止無盡的時間中

下次見面那是什麼樣的機緣，或許

是幾億年後，更可能是永別了

時間靜靜流逝

心情也漸漸平靜了

您年輕時跟著外公挑水種菜

年老時幫著看顧舅舅們經營的育苗場

孫子像您看顧的樹苗

一個個茁壯長大

您的一生就像

我坐在樹林中思念您的一個午後

風輕輕吹過

鳥聲在林間傳響

光影在土地上交錯

樹葉偶爾飄落

您的一生寧靜樸實而美麗

我的阿嬤，我的菩薩

在寫這一首詩的夜晚

窗外綿綿夜雨

風聲不時拍窗而去

田野裡蛙鳴不斷

我的心中只有不住地感謝和祝福

願您往生西方極樂國

不病金色身軀

無窮無盡的壽命

不再有憂慮不再有苦痛
您在春天的時候離去

與自己賽跑的人

不停地往前奔跑

將回憶和童年拋在腦後

後面有家鄉的鼓掌聲

如波濤般助我加速向前

一路子的風景，好山好水

森林、溪流、山岳、大海

點綴在我快意的跑姿上

我蛻變成了豹，豹蛻變成了風

慢慢地我離開了地面

忽然發現我就是一隻鷹

一展翅就想飛，我越飛越快

拋開了地心引力，拋開了生死幻滅

我向宇宙的盡頭奔去

地球，太空裡

一顆深藍的眼睛

向我注目，送我遠去

我愈奔愈快，忽然超越了光

將時間與空間狠狠拋在腦後

上帝以祂億萬顆眼睛

向我注視，致禮

臺鐵苗栗海線

經過幾座橋

不快的心情隨河水奔流向海

大海潮漲過車窗

我們是一對快樂悠游的魚

或許上天是太傑出的畫家

隨著火車的前進

我們走進一幕幕絕美的風景中

生命放牛吃草

我們像一頭頭的牛在陽光灑落的草原

靜靜咀嚼生命的味道

右手邊是一座座的丘陵小山

莽林中放生我心中的猛虎

許是化作一朵朵的白雲

坐在山腰間歇息

左手邊是一畝畝的水田

一塊塊的草場

幾座瓦屋夾雜其中

再過去許是幾棵木麻黃

再過去就是沉睡呢喃的大海

心情放鬆像風車隨海風

快樂旋轉

此地就是我夢中一再追尋的淨土

願我年老之時

願我年老之時

髮白皓如聖母峰之雪

心胸如虛空般廣大

眼神像星子般

閃爍著神秘

出口的話語如樂音

提示著生命與春天

舉手投足之間

生起了風，像舞蹈

暗示某種優雅

當我靜默之時

示現一種寧靜

神一般的力量

走過的足跡都成為傳奇

願我年老之時……

荒地

(1)

失去愛的心
如此荒涼
花不美麗
鳥不歌唱
黑夜中
靜靜地等待
等待
末日的到來

(2)

心靜靜裸裎
像非洲大草原
暗處的猛獸
蠢蠢欲動
等待獵物
別靠近
一靠近
它就張開盆血大口

(3)

被慾念焚燒的肉體
像野火燎原的荒地
群鳥飛竄
猛獸狂奔
燒光樹林
燒光草地
一無所有
死寂一片

(4)

歡後的肉體
黑夜中
靜靜裸裎
像是無人憑弔的曠野
任憑野草雜生
任憑暴雨沖刷雷電侵襲
沒有發出一點聲息

一枚葉子——我已錯過最美好的季節

一枚葉子

在枝頭

思索著

以何種方式

委身落地

在何種氣候下

從何種角度

跟隨何種風向

用何種姿態

它左思右想

猶豫不決

然而

春天過去

夏天過去

秋天過去

冬天過去

枝頭上掛著

一枚焦黃枯萎的葉子

港都——基隆港給C

我坐在星巴客吃早餐、喝咖啡

窗外望出去就是基隆港

高低錯落的高樓大廈

以及背後低低的山巒

都穿上厚厚灰色的雨襖

妳和他在這裡相遇

也許也看過

我現在正看著的景色

港內的船如此不安

隨著店內的藍調不停晃動

妳和他的心也如此不安

某種心情悄悄發芽

妳們的心中充滿陽光

沙拉、鬆蛋、麵包、咖啡

一切從早餐開始就如斯美好

春天來了，妳和他

大街小巷地嬉戲著

麥當勞、燒肉店、誠品書局

屈成氏、百貨公司，也許

在長榮桂冠裡

度過甜蜜的一夜

感覺生命有風吹拂

靈魂肆意奔馳

如環繞在基隆港川流不息的車陣

雨和雲霧，這重重的灰色棉襖

漸漸往下遮蓋

正如我現在的心境

我的寂寞如窗外的雨絲

落入海水之中無聲無息

沒有人聽見也沒有人知曉

阿祖的兒子──臺灣之子阿宏的故事

入秋前

阿宏上學了

在學校他愛畫畫

他使用綠色的水筆

畫風中林木蕭蕭的九份山脈

暗灰色的房子

是他阿祖的家

他由阿祖帶大

小小的年紀

幫阿祖扛米

自己洗衣服

上學後開始學畫畫

他畫愛唱歌的小河

在日光中閃耀

他畫粉紅色的太陽

緩緩墜落

他畫一個大大的金幣

那是他的月亮

他畫紫色的夜晚

張著翅膀離開

他畫他的家

一家六口

靠生病的舅公打零工度日

他畫一家六口的晚餐

白米飯配韭菜

爸爸媽媽是比陌生人

還要陌生的陌生人

他畫他的童年

紅蜻蜓飛上大片黃昏的天空

他畫他小小的心願

長大以後賺錢買豬肉給阿祖吃

但誰可以讓他

繼續畫出彩色的未來呢？

他望向遠方

景致一層淡似一層

無始無終

上輩子我們是一對戀人
戰火中許約來生的相愛
誒！妳忘卻了
更早的時候
是一對奔跑於森林的麋鹿
依偎在早春的澗水旁
更更可能的是一對雁鳥
在無遮攔的天空飛行
驚訝福爾摩沙的美麗
憩息於芒花遍開的水渚
更久遠的時候
是在森林中並立的喬木
陽光下清風吹拂中
輕輕地相互愛撫
更更久遠之前
我是岩石中的水晶
妳是藏匿在我體內的黃金
緊緊地我擁著妳
最最初的時候
我們是兩道互相纏繞的光
我對妳的愛
無始無終

月光

是誰放縱鬼魅的歌聲

甩動又長又濕銀白的髮

草草葉葉之間藏匿著珠光的指甲

暗中窺視甜蜜親吻中的戀人

想要把他們的心輕輕攫取

模擬飛行

看見了天空

就想飛

為了減輕重量

我卸下了我的腳

我的手我的身體

只剩下了我的眼睛

和一對不停飛翔的翅膀

睥睨雲朵快意狂笑

拍動大翅翻動萬里雲彩

天空飛行了太久

想念起陸地

但是忘了如何

降落

只不過

一朵雲只不過撞上一座山
便開始綿綿無盡的春雨

只不過是枝上的櫻桃凋落了
你便已春意闌珊

只不過賭氣
轉身離去
便開始一生長長的追憶

整座山都是我的

午後獨自走在深山的谷道

步步都有渾厚的迴響

整座山都是我的

它靜靜地傾聽我舉手投足之間洩露的心事

它透過山鳥的低鳴與我對談

它透過山嵐細細的濤聲來回反覆撫慰我疲弱的心房

沿路的野花都笑臉盛放

樹葉縫隙間漏下的陽光

斑駁、明暗、翻動

像一首張力十足的詩

沿著河谷上溯

走到了瀑布的下頭

在這個無人的時刻

它替我大聲傾瀉心中鬱積多年遲遲沒有出口的壯志

假日

時常到了假日

世界才又開闊了起來

又聞到森林的氣息

時光懶洋洋地

躺在草地上

風伸長了手指頭

撫摸臉頰

陽光緩緩推運著掌力

替酸痛的腰背按摩

如果睡著了

海浪聲便在夢中

溫柔地湧動來回

那更細微的聲音

是小溪涓涓

流進了耳朵

如果喜歡閱讀

小鳥跳躍起伏的韻律

正陪伴你踏入

美好的地域

戀

在風雨淒楚的午夜

我在世界的另一角想你

假設這是世界的末日

所有的事物都將如細沙般

被風一層層地剝去、消磨

正如你我的生命也將

被歲月一點一滴地風化

而洪水慢慢地升高

直到八千九百多公尺的聖母峰

在這個預言尚未發生前

真高興在電話的另一端

依舊聽見你微微的顫音

練習曲

雲朵快速飆行積聚成黑色的神采

我用詩般的言語以解釋一千種風景

人生聚散恰如雲朵的流離崩散

不快的心情如黑雲垂落惱人的雨

妳雙手垂落在琴鍵上與我打著啞謎

音符多列咪的起落如馬蹄聲的噠噠

我用誠懇篤定的態度緩緩地敘說

關於獨身的孤獨寂寞幽黯和暴戾

歌聲敘說妳萬種迷人的風采

記憶的源頭不堪撩撥

死寂的冬天我聽見

潮濕的土地汩汩流出雪水

為春天的來臨劇烈的歌詠

水聲漸漸地流著

冰封千年的記憶一夕解離崩潰

我向深處探尋挖掘寶藏

忽然死槁的大地化作千紫萬紅的織錦

我繼續傾耳聽妳哀怨的歌聲

曲調綿長有力，妳忽而舒展

妳疲乏的肢體協同我爬向

曲弧有致的山坡，俯身

貼近泥土，我聞到初夏的訊息

雲彩陽光掠過初夏的山丘

成熟的蜜桃向泥土墜落

鳥鳴蟲吟在耳畔此起彼落

繁花自遠天的盡頭奔騰而來

忽而秋風乍起剝落花朵的臉頰

廣闊藍寶石的天空我們細聞

瓜果的成熟香味和靜默的空氣

水聲漸流漸歇凝結成冰封的河道

秋葉向泥土急速地凋零

果實在土壤裡腐爛

失神的我找到妳身影的方向

大武山下的田園之秋

脫下了教袍

放下了教鞭

穿上的天地的農裝

田園自始有了嶄新的生命

放下陳見犁田種植

靈魂自始不必折腰

好讀書不求甚解

每有會意便欣然忘食

這境界只有陶淵明

和大武山懂得

田園鄉居的歲月

問心無愧的生活

大武山飄下來的霧氣

有著詩意的朦朧

你是個詩人但不寫詩

因你舉手投足之間都是詩

不必特意創作蹩腳的韻律

對於你而言

世界就是一首大詩

每日清晨在燕鳥的歌聲中

世界又向你展開

壯麗新奇的一頁

每一抹晨曦的笑靨

每一陣空氣中的花香

都提示著宇宙不變的真理

在蟋蟀的提琴聲中

世界悄悄謝了幕

秋天了，該是田野豐收的季節

土地回饋給你

一筐筐的番薯與番麥

你回饋給臺灣這個土地

一本本的經典

你雖不在了，但

我們知道你永遠

與臺灣這塊土地同在

在書中字裡行間

我們都感受到了

大武山拂面而來的山嵐

與土地質樸的清香

註：陳冠學先生（1934-2011）生前耕讀於大武山下，其
　　著作《田園之秋》樸實深刻，為臺灣文學經典。

在鳥鳴聲中醒來

宇宙在鳥鳴聲中醒來
一心生萬象
墨點般的黑
忽而有了大千世界

在鳥鳴聲中
田野擴展它的胸膛
生命無止盡地延伸

在鳥鳴聲中
一棵樹發了新芽
一朵花散出花香

因此
開始有了期盼
開始有了想念

阿里山上觀日出

山上的森林

每片葉子都在屏氣凝神

黑夜在讓路，迷霧在退散

精靈在甦醒，芬多精在跳躍

林魅妖怪紛紛躲藏

夜間遊蕩在林間的野獸

也倦了，躲回洞裡休眠

月亮失去了光亮，北斗星不再顯赫

玉山像是皇帝的寶座

高大雄偉立在遠方

此刻安靜，連心跳

都聽得一清二楚

等待著太陽的君臨

拿著薑母茶的手

寒氣中正在發抖

是緊張興奮或者

感動顫抖，玉山

山脈上射出幾道光芒

此刻祥雲瑞現，天空張燈結綵

忽然間太陽射出千道光的箭簇

如此光芒奪目，令人目眩

而山坳的雲海正興高采烈

如瀑布翻騰如大海洶湧

我們彷彿聽到巨大的管樂聲

心神為之震懾，忘懷一切的煩惱

太陽逐漸升至高空

宣告黑暗只是假象

地球的生命在光明中

將滾滾向前

或許，明天

或許，明天我將做出驚人的愛情告白
使她喜極而泣或者斷然拒絕
我的靈魂或將上升至天堂
或者沉淪至地獄
然而今日我仍將默默
默默埋藏這一切
或許，明天

或許，明天
上天賜給了我六個號碼
天外飛來一筆橫財
但尚未發生的今日
我依將辛勤地工作
像牛馬一樣
拖著我的犁
負著我的重擔
一步步艱辛地向前
或許，明天

或許，明天我將寫出驚天地泣鬼神的傑作
人生至此不再了無意義
對於歲月不再徬徨

心中的大石終於落了地

但尚未發生的今日

我仍將謙卑地在大師的著作前匍匐

一字一句地頂禮膜拜

或許，明天

或許，明天我將離去

下一口呼吸不來

神識就此離開

或許我的身體即將被誅磔

火車、卡車，下一秒

正虎視眈眈地

尋找他的獵物

然而今日，我仍將珍惜

每一口的呼吸

勇敢地面對一切的拂逆與不快

或許，明天

或許，明天

耶穌要率領大批的流星降臨

讓這個世界完完全全地毀滅

一切的文明就此終結

然而，尚未發生的今日
我仍將寫詩、歌詠、繪畫
讚嘆生命賦予的這一切
或許，明天

或許，明天我將開悟
發現了不得的真理
世界因我大放光明
然而今日，尚未解脫的我
依然要在黑暗中
一步步艱難地跋涉
或許，明天

廢墟

黑沉沉地在原野的一角

天空溫柔覆蓋

時間凝結

四周飄浮著濕濡的霧氣

和鬼魂

影子已成了時針

悄悄撫摸原野的四季

彷彿是一種誓言

和死神約定

它慢步慢步

走進暮色中

三月

一顆種子自黑暗的土壤迸生

一條蛇蛻下陳舊的鱗片

一棵樹竄出自己沉默久久的話語

千萬個精靈自枝頭蛇立

花朵千軍萬馬

疾行過草原

一朵雲掠過了天空

擦亮上帝的藍色眼睛

我自墓中甦醒

開始我的流浪

淡水黃金水岸

落日正引領我們的眼神

注視生命的大海

金色的光下壯麗一片

有人唱著流浪的心情

波浪隨著情緒的樂音起伏湧動

更多的是嘉年華式的喧騰

在淡水老街上掀起了波濤

一條船拖著夜色的網

曳過淡海的水面

晚風帶著清涼的醉意

對面的觀音

正擺好睡姿

靜靜地橫臥著

此刻讓我們的願心

如水岸邊的路燈

散發光亮

默默向祂祈求

願這島嶼上每個島民

奮發的意象

都有如淡水河源頭的水分子

不斷地匯聚

最後蔚為泱泱大河

流入大海，航向世界

航向福爾摩沙

輯 一
2018-2022年

地縫中長出的花

是誰將我拋置於此

生長在這小小的水泥縫隙中

雖然一樣享受著陽光、空氣和水

但根無土壤可深扎

枝芽無法盡情地向天空伸展

生命的格局限定於此

沒有怨尤、沒有詛咒

我一樣努力長出翠綠的葉子

努力開出鮮豔的花

用我全部的生命

向天地神明祈禱

花的盛放

每一刻都是無限的因緣密密交織而成

每一刻都是暗示著神的光彩

像此刻這朵花的開放

蘊含空氣、溫度、露水、土壤、陽光

地下水的蒸氣甚至遠方的星光

以及幾億光年之外的黑洞

還有諸佛菩薩的願力

一切萬有的祝福

每一刻每一件事物

都如有花朵般不斷地盛放

鯨落

航行到這裡

已是終點

意識隨著肉身逐漸腐爛

在時間的大海中

我逐漸下沉

像一個巨大的悲傷

緩慢地翻飛、墜落

這過程就長長且艱辛的一生

最後落在黑暗、貧瘠的沙漠中

發脹的腐肉被盲鰻、章魚所啃食

海底正為我的落腳

展開一場豐富的盛宴

像極了一個偉大的詩人

死後留下了眾多深邃的詩篇

這些詩篇是他生命的血肉

無數的小詩人以這些作品為營養

啃食、翻造、鑄新

奪胎換骨、點鐵成金

然後造就百年的文學勝景

我的腐肉如雪花

隨著洋流四處飄散

那情景像是我行經北國的海洋

雪慢慢降下

最後消逝在大海的溫柔中

終於我只剩下一具骨骸

可能被時間所掩埋

也可能被無常所風化

成為一顆顆平鋪在海底的細沙

甚至最後連一丁點的記憶都沒有留下

靜靜被遺忘，遺忘

曾有一頭鯨魚努力地航行

在這裡死亡

遺忘這個死亡

在黑暗寒冷的深海底

曾經造就一個燦爛的春天

紅燈的時刻

這是上天的恩賜

法令允許我偷懶的片刻

我的煩惱在這裡止步不前

我在這短短的時間裡

發呆、放空自己

任憑橫向車道的人車匆忙來去

我在這裡看天空雲朵舒卷

小草自路面探頭而出

聽鳥聲叼啾，讓腦中的想法

天馬行空，一首詩於焉完成

下一刻，生命又可快意奔馳

蚊子

牠總是暗藏殺意

躲在時間的暗處

等我不注意之時

等我睡眠之際

向我靠近

牠渴望我

肥美白皙的皮膚

我體內洶湧的血液

正呼喚著牠

牠渴望與我交合

將牠孤單的口器

插入我的肌膚

牠爽飲我處子之血

快活的時間總是如此短暫

因為命運的巴掌隨時有可能將牠滅頂

星星

就算在被黑暗所包圍的虛空中

我也要傾生命的能量發光發熱

在寒冷暗昧的宇宙中燃燒自己

縱使無人在乎我微小的光亮

縱使在夜空中我只是可有可無的一點

縱使我因為不斷地燃燒而消失了

只要在億萬年後

幾萬光年之遙的一顆小行星上

有那麼一人在黑夜中

讀到我發光的詩句

即將寂滅的熱情

又重新燃燒，那

我此刻的存在

就不至於沒有意義

日月有潭

日月有潭思念著大海

輕輕起著浪

藍色清澈的靈魂

倒映著山巒與天空

有花在水涘旁默默吐露著幽香

有魚在水中閒步吟哦

有森林在湖畔散發著芳香

有雲霧在山巒上或歇息或作畫

有船緩緩劃過湖心

有神在上

觀看一切的美麗

履歷表

敢是一百多萬年前

兩個古地塊的激烈拍撞中

阮出世了，身材不斷變肥變大箍

名字不斷改換

有人喊阮「蓬萊仙島」

有人喊阮「夷洲」

有人喊阮「大員」

有人喊阮「福爾摩沙」

有人喊阮「高山國」

有人喊阮「中華民國」

連阮攏毋知影阮是誰

不斷遭到強姦與凌勒

阮攏袂記得阮是一個獨立島

兩千三百萬的生靈寄跤佇阮身軀

逐日的車水馬龍、繁弦急管

正匯聚成一股意志

佇阮身軀狂急的風佇近四千公尺的懸山上噴颮

佇阮身軀森林咧湧動

阮大出著高山茶、IC晶片

出產的果子嘛甘甜美麗

太平洋的浪濤不斷砥礪阮的魂魄

予阮在溫馴中帶著剛強

兩千三百萬人民的意志咧叫
予阮向全世界發出邀請函：
「阮的名字叫臺灣
請予阮做恁的朋友
請予阮擁抱世界、擁抱宇宙」

佛所說法

春風無所說法
但我心中的喜悅
如林間的葉片
微微振著

久旱的大雨無所說法
但它洗滌我身上的塵垢
我的心長出了幼苗
第一次得見天日
第一次看見大千世界

眾生的呵叱無所說法
但我心中的疑惑、煩惱和癡障
通通焚燒殆盡
第一次感到卸除包袱的輕鬆
第一次感到解開束縛的自由

智者無所說法
他們的警語
如清脆的鐘聲
我的憂愁如秋天的樹葉
紛紛落下

菊島的夏天

沙灘將太陽烤熟了

打瞌睡的白雲

被收進了房裡

讓古宅熏染一種歲月的香

將咖啡煮成一杯詩意

添加了望安的海風

陽臺與貓懶洋洋趴著

海浪聲緩緩迴旋

跟遊客的聲音

陷在遠遠的沙灘上

將浪花與天人菊

掛在門窗上

暮色中手握一罐啤酒

等待漁港微微醺醉

魚群在搬動著星星

往情人的眼中運送糖果和諾言

大海的舞裙波動著

我們靜下來等待月亮喝醉

大海是嘴，貝殼是耳

日月是眼

是誰在述說著島嶼的故事？

是誰在傾聽島嶼的心事？

是誰在笑望島嶼的流光？

排隊

我們在此消耗生命

我們等待著未來

為著一袋手工蛋捲？

為著一頓特價大餐？

或者口罩？

生命如流沙

不斷流逝

真能得到什麼？

生命就此昇華

與眾不同？

得到依歸

不再徬徨

在生命的虛空中

我們排隊等待

下一次的排隊

懷念那樣的春天

並不是懷念妳

而是想念

看見妳的當時

心的原野

繁花奔放

林葉舒展

小獸亂竄

鳥飛蟲鳴

天闊雲捲

風吹草香

那樣的春天

那樣的我

恨的年輪

在別人的口中

又聽到你的消息

心中的恨意又燃燒了起來

多想用手指按住你

像按住現在桌上的這一隻螞蟻

搓、揉、蕊，讓你

瞬間化為微塵

讓你灰飛煙滅

但這僅止於想像

每次聽到你的名字

恨意又在心中的年輪

深刻了一層

要經過多少春天

才能讓這恨意

化為生命的養分

開出美麗的花朵

對著陽光中的輕風

發出釋然的微笑

一首詩的生命

一首詩的生命

是一天

一個小時

一秒鐘

或者是一年

可不可能

將內心深處

最深層的聲音

化為文字

讓聲音迴盪在每個人的心中

久久不歇

而我的生命

也隨之進入永恆

野薑花 I

我第一眼看見他時
便愛上了他
整座森林也跟著我俯視水面
觀看他絕美的身影
純白的花瓣吐露芳香的言語
青綠的嫩葉散發不朽的青春
四野寂寂無聲
為他的蒞臨怔忡無語
水面泛起點點漣漪
為他的親近靈魂顫抖
但我一起身他就消逝不見
為此我鎮日俯視著水面

老樣子

還好，還好

還是老樣子

依舊一個人看海看湖看山水

依舊一個人賞花賞月賞春景

依舊桀驁不馴

只是銳角已鈍了許多

心一樣地渴愛

渴望自由

偶爾失眠

頻夢

身體經常出現支架老舊磨損的錯落聲

我還是我嗎？

還是老樣子嗎？

還好，還好

依舊是淡水與海水

神與魔雜混

的老樣子

我所居住的村莊

我所居住的村莊

沒有高樓大廈

沒有百貨公司

只有水田和樹林

在村子的四周

靜靜地圍繞

我所居住的村莊

沒有達官顯要

沒有名人紅星

只有樸素的村民

默默地在自己的崗位

盡心盡力

我所居住的村莊

沒有車水馬龍

沒有人群的喧嘩

只有寂靜的光影

草木的芳香

隨著時間變動流淌

在火車上看著黃昏中的西部平原

天空是一幅畫

像是印象派的莫內

像是抽象派的朱德群、趙無極

我看到大批的雲彩在飛騰

我看到混沌中宇宙在擴張

我看到流星在飛逝

我看到冰河在崩解

暴風雨在破壞

我看無數的因子

在交織在作用

我看到上帝

一筆一畫

在加深色彩

最後將全部的顏色混在一起

讓整個世界都進入了黑夜

荔枝椿象

荔枝椿象在辦公室的紗窗外產卵

幾個年逾半百的同事發現了

拿出手機拍照，甚至

以訛傳訛地渲染著：

「牠可能發出毒液

碰到了眼睛會瞎掉」

荔枝椿象，牠可能將

這裡誤認為森林

牠不知為什麼地活著

或許為了每一頓的食物

牠也努力地工作著

隨著季節產卵

隨著時間生老病死

為了小小的事物歡喜悲傷

窗外有兩棵臺灣欒樹

在陽光中隨著風搖擺著

牠也許將其誤認為森林

跟我們一樣將生命中

每一件渺小的事物都賦予意義

忽然間一隻荔枝椿象誤入了辦公室

飛舞後倒身在地

我拿著一張紙讓牠攀爬

開窗讓牠飛回原來廣大的天地
一如我們向上帝所祈求的

水果詩

愛文芒果

容妃的體香

楊玉環的凝脂

李清照的內涵

武則天的雍容華貴

每咬下一口

都是豔遇

番石榴

在住家的頂樓

種植一棵紅心芭樂

供養天上的雀鳥

懺悔小時候

在鄉下的路旁

尋找土芭樂

與雀鳥爭食

嘴饞的我

葡萄

陽光、空氣、水
土壤、氣候
各種因緣凝聚在
這顆小小的葡萄
在酒窖裡
讓時間釀出芳香
或放進嘴裡
讓甜味滋養身體
不管如何皆適宜

西瓜

大腹便便的西瓜
我喜歡她多子多孫的福氣
更喜歡她甜美多汁的肉體
在燥熱難耐的時刻
她總即時讓我消暑

蓮霧

那懸掛在樹上的心型蓮霧
都是臺灣南部人的真心
誠懇、善良、敦厚
用最甜美的心款待來客

水梨

我的妻子
是一只水梨
黃皮膚的她
有著甜美多汁
生津潤燥
的肉體

哈密瓜

來自哈密的她
帶來新疆最美的記憶
每一口都吃得到
維爾吾族少女
笑容的甜

小番茄

「小」與「番」
這加諸在我身上的形容詞
充滿了歧視與貶義
但我確實來自異鄉
在臺灣我努力吸收陽光
吸取在地的養分
將自己變成一顆
營養價值高的「小番茄」
獻上我自己
用以供養臺灣的島民

木瓜

大地母親豐滿的乳房
哺餵著臺灣藍鵲
哺餵著松鼠
哺餵著獼猴
哺餵著山豬
哺餵著戀母
不可能斷奶的我

可有可無的泡沫

美人魚向我游了過來

我給了她想要的愛

於是她的尾鰭分裂成了雙腿

成了完完整整的女人

有一天彼此之間的愛消失了

她想回復美人魚的身分

「用尾鰭修復術嗎？」

但分開的雙腿已不可能再變成尾鰭了

但確確實實已經沒有愛了

我們給彼此一片大海

讓對方成為各自生命中

可有可無的泡沫

攤開

戀人攤開自己

讓對方閱讀

她對自己的過去

刪去幾章幾行

基於尊重

我不過問

我對自己的歷史

也塗去幾章幾行

她責問我的不誠實

在愛的面前

於是我補上

駭人聽聞的幾章幾節

她卻嚇得花容失色

愛的花朵迅速凋萎

於是我將我的心戴上面具

除了肉體之外

我完全闔上自己

愛的花朵才又緩緩開放

海的回答

這裡是臺灣島最美麗的所在

雄偉的山莽莽的森林

浩瀚的大海

漢代一般藍的藍天

悠悠緩緩的白雲

遊人心中的淨土

一百多公里的南迴公路

這美麗的山海走廊

卻連一間有病床的醫院都沒有

修墓人福壽伯與那些墓中

來不及被愛的人的家屬

來不及長大的人的家屬

向大海向人群向國家發出吶喊：

「大海啊！祢有聽到我心聲嗎？

大海啊！給我一個方向吧！」

大海、人群和國家

一直默然無語沒有回答

大海依舊濤盡人們的生生死死

白雲依舊悠悠地走過

釘子戶

他們前世必然是這兒的地縛靈

這一世本該為一棵榕樹

用盤枝錯節的鬍根

緊緊抓住這裡的土地

他們卻誤投胎為人

他們認為這裡是宇宙中

最美好的地方

再也不可能有更美的風景

他們死纏在這裡不走

任憑黑道威脅

任憑政府搬出天文數字的補助款

任憑高樓大廈將他們團團包圍

任憑暴風雨吹颳

任憑河水沖刷

他們就是不走

這裡就是他們的家園

下輩子下下下輩子

仍然要住在這裡

縱使世界末日

地球毀滅

即興四首

海

看似浩大
看似蔚藍
看似沒有回憶
然而這些都只是假象
眾多思念在湧動
各種妄想在騷動不安
因此海的聲音一直那麼大

雷

其實我只是在虛張聲勢
其實我只是在掩飾自己的空虛
明明那渴望愛與擁抱
卻發出巨大的聲響
嚇退一切靠近的事物
其實我只是「悶」雷

雪

顧影自憐
隨風忽左忽右

不停地往地獄墜落
貧乏的自己
把它當一場壯遊
這不斷翻飛的姿態
起因於沒有靈魂
世人卻把它解讀成美

浪

那些漫無邊際的談話
都只是一波波的浪
為了距離妳的岸
再靠近一些……

僅僅

僅僅一牆之隔
就是春天與冬季的距離
把牆打破
她與他就可在一起生活
一起吃飯、做愛

僅僅一言之差
就是天堂與地獄的距離
就那麼一句話
讓她可以不顧一切拂袖而去
或者，讓她心甘情願共度一生

僅僅一個人
或者一個事件
一個擦身、一顆子彈
就是國家富強與衰敗的距離

僅僅，不僅僅如此
一句話，一個事件
都蘊含神的奧義
蘊含不可言說的真理

疑問

黑幕低垂，星子靜默。身為人類的一份子，我向諸神提出質疑：「人類的命運已夠悲慘，為何還要在我們荒漠般人生的遠方，用催眠，用虛構，營造出極樂世界、天堂，這樣的海市蜃樓？」

風徐徐吹來，曠野一片沉默，忽有一股聲音似來自虛空似傳自心裡：「被稱為人生的沙漠中，處處是陷阱，處處是流沙，唯恐人類停下腳步死於途中，基於仁慈，營造種種的海市蜃樓，讓他們狂奔，讓他們向前，安然度過一個又一個死蔭的幽谷？」

關於黃昏的兩種視角

視角一：仰望

整座城市是無聲的，仰望夕陽緩緩燃燒自己，忽然間夕陽攜著自己的美麗，往西方的地平線墜落，一陣驚呼後，大大小小的燈火亮了起來。

視角二：俯視

俯視城市黃昏的夕陽，緩緩開放緩緩凋謝，它凋萎的花瓣，殮衣般地覆蓋，整座城市的燈火卻為之沸騰了起來。

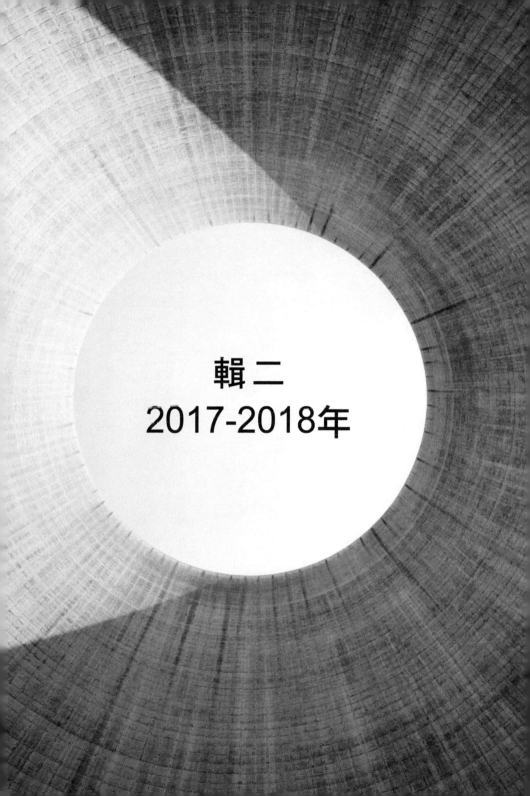

輯二
2017-2018年

盲者

因為生命的沙漠，產生了海市蜃樓的幻覺。我開始
奔跑，為了解決生命的飢渴。途中有盲者靜靜坐
著，那種自足的神情，讓人感到一種圓滿的震慄。
我問他：「為何獨坐在這無人的沙漠？」他回答：
「沙漠？難道你沒聽見河流的歌聲，林子內的枝枒
在互相撫摸，風輕舔你的背脊，陽光散發成熟的芳
香，雲朵像音符躍過心靈的土地，一群人如河流般
走向大海，另一群人卻往源頭的方向出發。」剎那
間，世界的光影不斷地變化，一切的渴求都具足在
我身旁。

客家小炒

蟬聲正佔滿巷子的夏末

溫柔賢淑的她

將乾魷魚用愛剪成小條狀

浸泡在昨夜的月光中去掉腥味

用等待使之鬆軟

豆干、五花肉、芹菜、青蔥和蒜苗

用等量的心切段切片

用熱情煸香

用歲月的酸甜苦辣加以調味

用感恩的心快炒

而我們以歡喜心品嘗

山城或將有雨

窗外有抽長的綠意

山峰在飄渺的雲霧中

貓窩在屋子的角落裡

此刻讓我們小飲一杯

關掉燈後

關掉燈後
魚兒
才敢在水中做愛

關掉燈後
幕後的交易
才偷偷進行

關掉燈後
鬼和蟑螂
才敢出來活動

關掉燈後
光才得以
將一切骯髒的事
都歸給黑夜

孤獨

牠一直是我的伴侶

緊緊地跟隨在我身旁

當在暗夜街道走路時

當在萬人狂歡的慶典時

當我歡喜時

當我悲傷時

當我生病時

牠一直與我同在

我們憎恨著彼此

想要幹掉對方

卻不可得

直至死亡

我們依然緊緊地擁抱在一起

真正的地獄

真正的地獄
不是惡鬼充斥，火焰處處的陰間
而是人人互相陷害
落井下石，雪中抽薪的場景

真正的地獄
並非人人互相陷害
落井下石，雪中抽薪的場景
而是每個人活在自己的世界
聽不到看不到
彼此的笑容、哀傷
一個個的人行墓碑
行屍走肉地在街上飄盪

真正的地獄
並非一個個的人行墓碑
行屍走肉地在街上飄盪
而是以冷漠澆熄對方萌發的愛

真正的地獄
並不是以冷漠澆熄對方萌發的愛

而是以無知愚昧緊緊封閉自己的心
不讓一絲絲陽光透過窗來

無人的森林

無人的森林

正美麗著

林梢正緩緩湧動著浪

海濤掩沒整片森林

千萬片樹葉一起漫舞旋落

風靜時，一朵花正一瓣瓣

剝開自己的陰唇

水澗旁散發淫淫的芳香

鳥聲隔著幾百公尺呼應著

風起時，林濤又悄悄湧動

陽光在林間交互掩映

意像虛虛實實

聲韻交疊有致

像一首詩

然而王維不在

孟浩然不在

劉長卿不在

韋應物不在

無人所在的森林

神在其中

靜靜寫詩

我知道那就是愛的形態

風的樣子風的形態

我不得而知

看不到摸不著

但它來臨的時候

大海翻滾

森林舞踊

一千萬片葉子同時飄落

天空下起了花雨

我感知它的存在它的力量

愛的樣子愛的形態

我不得而知

看不到摸不著

但妳靠近的時候

我心跳加快

口乾舌燥

身體輕輕發抖

我想那就是愛的來臨

大翅鯨的旅程

我用我的巨翅

掀起滔天的浪

我用我的尾鰭

拍擊驚恐不安的大海

叫一切獲得寧靜

在大海深處

曖曖的藍光款款閃爍

我看到無可比擬的美麗

一路子上

我唱著嘹亮的歌曲

也曾遇到鯊魚的攻擊

被暗礁割截身體

流著暗紅的血

也曾不小心擱淺

在生命的淺灘

但我仍唱著嘹亮的歌曲

以我生命澎湃的肺活量

曇花

暗夜中

祂默默展現光華

潔白無染的身軀

示現千手千眼

靜聽世間的苦難

輕輕吐露芬芳

洗滌黑暗

洗滌汙濁

無需眾生注目

無需任何回報

隨意應化

在世間出現光明之際

祂圓滿入寂

受洗後

受洗後
牧師說基督的寶血
已洗淨我的罪業
此刻的我已是神之子
再度與上帝取得連結
身旁應有巨大的榮光
靈魂應長出天使般的翅膀
無拘無束自由地飛翔
但為何我
依然腳步沉重地
跋涉在塵世中
依然說謊
依然好色
依然貪財
依然容易嗔怒
對某些事物依舊嚴重癡迷
然而我已是神之子
死後就要進入天堂

69
式

我知道他渴望69式已久

我知道他渴望我

以崇拜的口吻

吸吮他大中國的陽具

我知道他渴望

吸吮我自由、民主的蜜汁

我知道他的想入非非

我想遠離這個歲數五千年的大叔

可是上帝卻讓我們比鄰而居

我必須監看

這位大叔的一舉一動

並向世界大聲呼求

我身體的自主性

意圖不軌

他想用

服貿、一個中國

這一雙不潔的手

撕掉我的內褲

使我門戶洞開

行使他不軌的意志

他想要強

使我成為他的人

但我也不是好惹的

我要切掉

他變長勃起的陽具

並且向全世界

大喊：「強姦啊，強姦」

讓他無地自容

四行詩系列

時間的音樂

日和夜是白鍵與黑鍵
生老病死春夏秋冬是反覆的旋律
不斷地交替往上迴旋
向至善之處又靠近了一步

霧

不知從何而來
淡淡的哀傷
悄悄地出現
悄悄地消逝

春天來了

窗外的貓咪在叫春
隔壁的新婚夫婦也在叫春
連山坡上的野櫻都在叫春
叫著、叫著，春天就來了

春之逝去

如霧一般
悄悄而來
悄悄而去
只留下淡淡的哀傷

疑問

運動場上的小孩笑聲如百花盛放
春風在林間高興地奔跑著
然而我的心中有足夠的喜樂
可以去經歷春天嗎？

詩人

沙漠裡
在風中
喃喃自語的沙
在尋找天堂

復活

我聽見精靈自原野探頭搜尋的聲音
在經歷枯槁冬季的午後
我感知春陽燃燒我心中的火焰
整片大地都被燒的千紫萬紅

潔白

我翻開她的衣裳
沿著肚臍撫摸她潔白的腹肌
春風的吹拂下
一朵花正緩緩開放

同床異夢

他們進入彼此的體內
抵進了深處
但各自的靈魂依然陌生著
彼此不相知

十字架上的獨白

可不可以
我只是凡人
不是神的獨生子
接受神的救恩
享受塵世中的生活
結婚生子
享受床第交歡的快感
陽光下兒女在院子中嬉戲
叫：「爸爸，爸爸」
奔向我的懷抱
職場上當個稱職的木匠
或許進而當個雕刻家
年老時孫兒膝下承歡
然而這一切只是空想
此刻我被釘在十字架上
為了救贖世人的罪業
肉體承受巨大的痛苦
詛咒和黑夜籠罩著我
神遠離我
最終我還是死了
沒有復活

不是因為你們的罪業

為了我自己的埋怨和詛咒

三行詩系列

自我救贖

將每日勞動
當成經懺儀式
一個工人的自我救贖

伊比鳩魯派的真言

快樂地活著
不必勞苦地
寫著宏偉的墓誌銘

抗議

沉默而哀傷
風雨過後的森林
對暴力無言的抗議

小草

雖然柔弱
我們依然在黯淡的角落
強悍地活著

相擁

萬物無常
但這短暫的擁抱中
有光有永恆

裸

她身體起伏的曲線
如同晨曦中的山巒
散發著原野的芳香

逍遙遊

座頭鯨緩緩拍動大翅橫越大洋
對於化為鳥在天空飛翔的可能
牠一再地想像和模擬

出浴

雨中暗暗放香的玫瑰
雨後放晴的天色
光中線條起伏的山巒

夢

究竟是莊周夢蝶
還是蝴蝶夢見莊周
連上帝也沒有一個底

死

一片落葉
在泥土中腐爛
又重回森林的懷抱

詩人的恐懼

他最大的恐懼是
自己吐出的酒氣
熏死一大群人

失眠

失卻動力的太空船
在黑暗無邊的虛空中
漫無目的地漂流

婚姻

在彼此的沙漠中
艱難地跋涉
即將乾渴而死

單身

漫漫的雪夜
寂寞的曠野中獨自一人
卻苦無火堆取暖

心之短句

蕾鳴
在心底
放聲

門

你的一念
世界打開
世界關閉

書

它不是一個美女
他們卻要我咀嚼它吸收它
與它融為一體

被美灼傷

那女人用乳房瞪了我一眼
留下了我
被美灼傷的眼睛

欠缺

陽光與樹影交互掩映，一個美好的早晨，我望著一
張白紙，彷彿我的一生都該如此潔實而美麗。

忽然我發現白紙上面有個黑點，我聚焦於黑點，感
覺白紙上的黑點如一種欠缺，像濃稠的夜色，逐漸
擴大，掩蓋我的房間，我的屋子，我的國家，一直
擴大，直至掩蓋整個宇宙，我到處奔跑，想逃離這
黑暗卻徒勞無功，所到之處都是潮濕、黑暗、燥
熱、黏膩，令人片刻不得安寧，像是地獄，像是
黑洞。

有那麼一刻，我放棄了，對上天說：「就這樣吧！」。
心靜了下來，發現這又是一個美好的早晨，森林、
草原、溪流、春天、夏天、秋天、冬天，原來一直
在這裡。只是我忘記了。

黑洞

或然率使然

他們在某個街角相遇

塌陷的自我

沉重的存在

他們必須彼此吞滅

咀嚼、絞殺、交配

才能紓緩一些些存在的痛苦

交配渴望融為一體

連光不得存在

黑暗中進行冥想

星系、生命、神

由此誕生

滿足、幸福感、未來

不斷在幻夢中

顯像

越傭畫家

我只是個越傭

我信奉基督教的雇主

讓我去學習畫畫

鼓勵我畫出自己

畫出自己人生的大起大落

畫出曾經是咖啡豆大盤商的自己

畫出因一個月連綿陰雨

咖啡豆全部發霉而一無所有的自己

畫出好色的舊雇主

畫出他體內的蛇

畫出他粗大的陰莖

畫著我幼時當畫家的夢

畫著我的家鄉

或許某一天

或許下輩子

我會回到越南

我的家鄉

成為真正的畫家

在學童之中

(1) 春天

他們屏息

偷偷瞄著自己的手錶

倒數著秒數

我想放他們出去

去享受一個快樂的春天

無奈我是個老師

我教著照樣造句

他們的心已惴惴不安

奔跑到操場的大象溜滑梯

鞦韆、單槓，嬉戲著

「如果現在下課

我就可以和小明玩彈珠」

在造句之時

一個學生不禁洩露了祕密

鐘聲終於響了

他們如春來雪融的水流

快速地奔跑，帶著愉快的鈴聲

他們又是野地的花朵

季節來了就盡情地歌唱

整個校園一時喧鬧聲響徹天際

(2) 遠方的風暴

他們之中

有些會成為醫生

有些會成為老師

有些會成為作家

有些會成為流浪漢

乞丐、殺人犯……

現在他們都一樣

白色的制服

黃色的帽子

大大的書包

一百一二十公分的身高

從樓上俯視

就像一朵朵的向日葵

在陽光中

春風的吹拂下

燦然有光

他們喧鬧著

有如曬穀場跳躍的麻雀

享受不知愁滋味的年紀

然而，遠方的風暴

卻暗暗傳來

然而，我卻還沒愛過

陽光愛撫著大地

喚醒鳥鳴

喚醒花香

輕輕地喚醒

整座森林的呼吸

整座城市的喧囂

陽光愛著大地

雲朵默默地走著，默默

擦拭著藍天

澄澈琉璃了天空

老化了自己

毀損殘缺的肉身

帶著慈悲

化作淚水

澆灌乾枯的世界

雲朵愛著這個世界

風輕輕地吹，輕輕

吹醒一片草原

麥苗在風中向天空生長

河流舔吻著大地

霧誘惑著山林
海水向著谷灣依偎
整個世界都相互愛著

然而，我卻還沒愛過

四季

妳的美麗

燦如太陽

平常的日子裡

與妳時遠時近

因而有了四季

融入了大海

樹林緩緩湧動

緩緩愛著

肢體相擁碰撞摩擦

愛著愛著

就融入了大海

煙火

在如此黑暗的世界

該做些什麼？

做那煙火吧！

傾一生之力

將自己拋射入夜空之中

企圖到達那至善至美至真的天堂

直到最一刻

確認自己無能為力

自燃成美麗的火花

火花中又燃出火花

在沉沉的黑夜中

綻放出色彩和音響

最後無聲無息消逝於黑夜

一點兒也不眷戀

什麼也不留下

詩的截句

(1) 詩是治癒悲傷最有效的藥

它與你一同放聲悲泣
時而像海浪一樣撫慰著你
消除你心中的鬱悶
散瘀止痛

(2) 詩是最猛的毒品

它讓你神昏顛倒，幻聽幻視
一朵花開的聲音如轟然巨響
淡淡的花香如美女正窈窕而來
一旦染上，絕無戒癮的可能

(3) 詩是最靈驗的降靈咒語

時而李白，時而杜甫
時而但丁，時而歌德
身體不斷經歷降靈和附身
只要展開詩集，他們就應召而來

最後一句

虛空中
我
獨來獨往
流浪
生死
輾轉六道
漫漫的旅程中
很高興在這裡
遇見你

有風

像是威風凜凜的將軍

率領千軍萬馬奔馳

草原波浪起伏如海

休耕的田野捲起了沙塵

呼嘯聲在空氣中不停地加大

花園裡林葉振振

門窗有人狂亂拍打

電纜線咻咻發聲

麻雀上下起伏左右搖擺盪著秋千

路人縮著頸項唯恐逆其鋒芒

森林掀起萬噸的浪濤

鳥雀逃逸，群獸隱匿

如此威風的軍隊

要到哪裡去呢？

攻打哪個國家？

占領哪個區域？

沒有人知曉

祈求

塵歸塵，土歸土

慾念散入光中

骨骼磨成磷火

血肉堆成花肥

心胸擴展成虛空

神識不再有我

化成單純的能量

如陽光、空氣和水

像愛一樣充斥一切

給予一切

我的佛啊

讓我向祢祈求

如祢一般

進入大愛的涅槃

無常之法

佛說無常之法
妳的美麗亦會凋謝
如是！如是！
應將其一絲一縷
刻骨銘心地記取

夢裡夢外

他在夢裡
冰天雪地孤獨地跋涉
睡夢外，遠方
田野邊陲的城鎮
正散發溫暖的光

讀詩人162　PG2890

 時間的光影

作　者	劉俊余
責任編輯	陳彥儒
圖文排版	陳彥妏
封面設計	王嵩賀

出版策劃	釀出版
製作發行	秀威資訊科技股份有限公司
	114 台北市內湖區瑞光路76巷65號1樓
	電話：+886-2-2796-3638　傳真：+886-2-2796-1377
	服務信箱：service@showwe.com.tw
	http://www.showwe.com.tw
郵政劃撥	19563868　戶名：秀威資訊科技股份有限公司
展售門市	國家書店【松江門市】
	104 台北市中山區松江路209號1樓
	電話：+886-2-2518-0207　傳真：+886-2-2518-0778
網路訂購	秀威網路書店：https://store.showwe.tw
	國家網路書店：https://www.govbooks.com.tw
法律顧問	毛國樑　律師
總經銷	聯合發行股份有限公司
	231新北市新店區寶橋路235巷6弄6號4F
	電話：+886-2-2917-8022　傳真：+886-2-2915-6275

出版日期	2023年5月　BOD一版
定　價	280元

讀者回函卡

國家圖書館出版品預行編目

時間的光影 / 劉俊余著. -- 一版. -- 臺北市：
釀出版, 2023.05
　　面；　公分. -- (讀詩人；162)
BOD版
ISBN 978-986-445-799-1(平裝)

863.51　　　　　　　　　　112004644